みをつくし献立帖

高田 郁

時代小説文庫

角川春樹事務所

目次

みをつくし献立帖

良いか、道はひとつきり。

小松原『八朔の雪』一四七頁

はてなの飯

『八朔の雪』一五五頁

材料

6人分

米……3合
鰹（刺身用）……300g
生姜……30g
刻み海苔……適宜

醤油……50ml
酒……25ml
味醂……25ml
（a）

下拵え

＊米は洗い、鍋に入れて水加減し、約30分浸水させて炊きます。
＊鰹《かつお》は2cm角の角切りにします。（A）
＊（a）を合わせた中にAを2時間ほど漬け込みます。（B）
＊生姜《しょうが》は千切りにします。（C）

―作り方―

1 鍋にB・Cを入れて煮汁がなくなるくらいまで煮付けます。（少し汁気が残る程度）

2 炊き上がったご飯に1を煮汁ごと加え、ざっくりと混ぜ、しばらく蓋《ふた》をして蒸らします。
お茶碗によそって、仕上げに刻み海苔《のり》を散らします。

―ひと言―

初夏から出回る鰹を使う場合は、右の調理法で。秋に出回る戻り鰹を使う場合は、脂っぽさを抜くために角切り後、さっと霜降りにしてくださいね。

みをつくし内緒噺　1

誕生の秘密

時代小説の世界でデビューして間もない頃、ある編集者からこんな指摘を受けました。

「髙田さん、売れる時代小説の条件をご存じですか？　江戸市中が舞台であること、捕り物などミステリー要素があること、剣豪ものであること。この三つですが、あなたの書くものは全《すべ》て、ことごとく外《はず》していますねぇ」

三つの条件を踏まえた物が書けなければ、この世界では到底やっていけない——台詞《せりふ》の奥に、そんな彼の気持ちが透けて見えました。

これには心底、参りました。澪《みお》ならば両の眉《まゆ》をトホホと下げるところです。提示された三つの条件は、いずれも私の苦手とするものばかり。中でも最も駄目なのが、剣豪ものでした。刀で命の遣《や》り取りをする話を、どうしても書きたくはありませんでした。

悩みに悩んだ末、

「どうせ刃物を出すのなら、ひとを斬《き》り殺す刀ではなく、食材を刻む包丁にしたらどうだろう」

と、考えるようになりました。

大坂の少女が江戸に出て、料理の道で人生の花を咲かせる話はどうか。それならば江戸と大坂、ふたつの町を描ける。また、料理の生まれる手順を丁寧に書くことで、謎解《なぞと》きと同じくらいの高揚が得られるのではないか――と、発想は次から次に広がっていきました。

二〇〇八年の夏。デビュー作を読んだ、と角川春樹事務所の編集者が二名、わざわざ関西まで足を運んでくれて、開口一番、

「うちでシリーズ書き下ろしを是非」

と。

有り難い申し出に、どきどきしながら、先の提案をしてみました。きっと一蹴《いっしゅう》されるに決まっている、と思う私に、若い編集者は、

「面白そうですね。是非、やりましょう！」

と、大きく頷《うなず》いたのです。

こうして生まれたのが、「みをつくし料理帖」シリーズです。当初は、よもや、これほど多くのかたにご支持頂けるとは思いもしませんでした。幸せな作品、そして幸せな作者だと、心から感謝しています。

とろとろ茶碗蒸し
『八朔の雪』一八九頁
作り方は同巻末

才のある者には手ぇ貸さんと、盛大に恥かかしたり。

嘉兵衛『八朔の雪』一一二頁

口から摂るものだけが、
人の身体を作るのです。

源斉『八朔の雪』一三五頁

蓮《はす》の実の粥《かゆ》

『八朔の雪』一二六頁

―材料―

4人分

米……1／2合
蓮の実（乾燥）……30g
水……カップ5
塩……少々

―作り方―

1　蓮の実は洗い、一晩水に漬けて戻します。
2　米は洗い、ざるにあげて、約30分おきます。
3　鍋に米、水気を切った蓮の実と水を加えて火にかけます。
4　煮立ったら弱火にして30〜40分炊きます。
5　仕上げに塩を加えて味を調えます。

みをつくし内緒噺 2

旧つる家《や》ご近所案内

主人公の澪《みお》が折りに触れてお参りする場所、それが「化け物稲荷《いなり》」です。実はこの稲荷社、江戸時代に実在していたのです。

「みをつくし料理帖」シリーズの構想を練る中で、悩んだのが舞台となる店の場所でした。せっかくだから、料理を連想させる地名が良い。それに、出来れば近くに澪の心の支えとなる信心の対象がほしい――そんな思いで江戸時代の切絵図を眺めていたら、見つけました。【神《かん》田《だ》御台所町《おだいどころまち》】。近くに神田明神《みょうじん》もあり、まさに願い通りの場所でした。

神田御台所町の店に勤め、神田明神を信心する、という設定にしようか、と思っていた時、同じ切絵図で、どうにも気になるものを見つけたのです。不忍池《しのばずのいけ》から南に少し下ったところに、【化物稲荷】と記されていました。

化物稲荷。

字面だけでも凄《すご》い威力です。何故《なにゆえ》に化け物？　むくむくと好奇心が湧《わ》き、自分なりに手を尽くして調べました。ところが、資料らしい資料は見つからず、唯一、岡本綺《おかもとき》堂《どう》先生が著作の中で取り上げておられるのみ。それならば私なりの稲荷社にしてしまおう、と罰当《ばちあ》たりにも思い至った次第です。

今も、ふと切絵図を開くと、【化物稲荷】と記された場所を指でなぞって、本当はどんな稲荷社だったのか、と思いを巡らせています。

こんな
天気雨のことを
そう呼ぶのだ。
覚えておけ、
この下がり眉。

小松原『八朔の雪』七一頁

ぴりから鰹田麩『八朔の雪』六八頁　作り方は同巻末

あなたよりも
私の方が美しいわ。
美緒『花散らしの雨』二六五頁
鮎の塩焼き
『花散らしの雨』二五七頁

鮎飯《あゆめし》

『想い雲』一六頁

材料 4人分

鮎……………4尾
米……………2合
青紫蘇…………10枚

酒……………大さじ1
淡口醤油…………大さじ2
（a）

作り方

1 米は洗い、ざるにあげて、約30分おきます。

2 鍋に1を入れ、（a）を加えて水で水加減を調節します。

3 鮎はしっかり目に素焼きし、2にのせて炊きます。

4 炊き上がれば充分に蒸らし、鮎を取り出します。頭と骨を取り除いて身を解《ほぐ》し、千切りにした青紫蘇の半量と共にご飯にざっくりと混ぜ込みます。お茶碗によそって、仕上げに残りの青紫蘇を天盛りにします。

みをつくし内緒噺　3

新つる家《や》ご近所案内

以前の店が全焼したあと、つる家は新店舗に移ります。移転先をどこにするかは、割に早い時点で決めていました。

シリーズ第一作目の『八朔《はっさく》の雪』の出版が決まったばかりの当時、版元である角川春樹事務所さんは、神田神《じん》保町《ぼうちょう》三丁目に社屋を構えておられました。最寄《もより》駅は地下鉄九段下《くだんした》。下車して階段をのぼり地上に出ると、すぐに目に入る橋があります。その名も「俎橋《まないた》」。

良い名前だなあ、と橋を渡る度《たび》に思いました。頭上に高速道路が走り、川面《かわも》にはゴミが浮いています。名前とは裏腹にあまり風情《ふぜい》のある橋ではありません。けれども、例によって切絵図で確認すると、ちゃんと記載されています。江戸時代から存在していた、という事実に胸が躍りました。

江戸時代の名所を描いた「江戸名所図会」の中にも、俎橋は描かれています。イメージを膨《ふく》らませるために、繰り返し繰り返し、俎橋の絵を眺めました。

江戸の地図を現在の地図に重ね合わせれば、つる家の新店舗は丁度、某珈琲店《ぼうコーヒー》のあるあたりになります。時間のある時には、その珈琲店の二階のソファ席に座って、飽かず、眼下の俎橋を眺めています。不思議なことに、今の俎橋は消えて、緩《ゆる》やかな弧を描く橋が見えるような気がするのです。

ほっこり酒粕汁
『八朔の雪』二五二頁
作り方は同巻末

旭日昇天さま
感謝。

澪『八朔の雪』二六五頁

何でだよぅ、
俺ぁ、嬉しいのに
泣けてきちまったよぅ。

種市『想い雲』六六頁

独活《うど》の皮の金平《きんぴら》

『花散らしの雨』一二五頁

―材料―

独活………1/2～1本
（皮で約100g）
酢………適宜
胡麻油………小さじ2
煎り胡麻………適宜

a
砂糖………小さじ2
酒………大さじ1・1/2
出汁………大さじ2
醤油………小さじ2
味醂………小さじ1

―作り方―

1　独活は丁寧に洗い、4cm長さに切ります。厚めに皮をむき、皮を酢水につけます。
2　皮の水気を切り、斜めに千切りにします。
3　鍋に胡麻《ごま》油を熱し、2を炒《いた》めます。しんなりすれば、（a）の調味料を順に入れて炒り煮にします。
4　器に盛り、胡麻を散らします。

独活《うど》と若布《わかめ》の酢味噌《すみそ》和《あ》え

『花散らしの雨』一二五頁

一 材料 一
4人分

独活 ………… 100g
酢 ………… 適宜
生若布 ………… 40g

a
白味噌 ………… 大さじ3
酒 ………… 大さじ3
味醂 ………… 大さじ3
酢 ………… 大さじ3

一 作り方 一

1 独活は丁寧《ていねい》に洗い、4cm長さに切ります。厚めに皮をむき、短冊切りにして酢水につけます。

2 生若布は固いところをはずし、2cm長さに切ります。熱湯に入れ、きれいな緑色になれば冷水につけて水気を切ります。

3 鍋に（a）を合わせて火にかけ、ぽたりとするまで練って火を止めます。酢を加えて再び練り、冷まします。

4 1の水気をふきとり、2と共に3で和えて器に盛ります。

みをつくし内緒噺　4

名前の秘密

サイン会などで多く頂く質問の中に、

「登場人物の名前はどうやって決めるのですか？」

というのがあります。

名付けに関しての手法は、作家によってそれぞれです。

私の場合は、主要人物には出来るだけ舞台となる場所の地名や由来にまつわるものを、と決めています。これは漫画原作者だった頃からの癖です。その土地の息遣《いきづか》いの感じられる名前を付けることで、登場人物が見えない何かに守られているように感じるからなのです。

澪《みお》の名付けのもととなったのは、澪標《みおつくし》。木を魚の尾の形に組んだ標識で、航路を示すためのものです。ユニークな形がひと目を引くのでしょう、江戸時代の大坂を描いた錦絵《にしきえ》にも登場します。水都大坂の繁栄に欠かせなかった澪標は、のちに大阪市の市章にも採用されています。

さて、もうひとつは野江《のえ》。これは大坂の地名から取りました。大坂から京へ向かう京街道、その街道沿いにあった町の名です。

大阪の地下鉄を利用していた時、いつも気になる駅名がありました。「野江内代」がそれ。毎回、駅名を耳にする度《たび》、「何故《なぜ》この名前？」と首を捻《ひね》っていましたから、古地図の中に「野江」の名を見つけた時は、古い友達に会った気分になりました。

ちなみに駅名の「野江内代」、これで「のえうちんだい」と読みます。

| 旧つる家間取り図 |

神田御台所町 つる家

この間取り図は、私の拙《つたな》い絵でイメージを伝えて、イラストレーターのイシサカゴロウさんに描いて頂いたものです。

おっ、種市《たねいち》が元気に蕎麦《そば》を打ってますね。それを上機嫌で眺《なが》めているのは、「あのひと」でしょうか。七輪の前に蹲《うずくま》っているのは澪《みお》。何を作っているのでしょう。

床几《しょうぎ》に座ったお客たちも、楽しそうですねえ。この時代にはまだテーブルや椅子《いす》はありませんから、こんな風に床几に腰を掛け、身体を捻《ひね》ったり、片膝《ひざ》を組んだりして食事しています。

あっ、薬箱を下げている後ろ姿は、もしや……。

新つる家間取り図

九段坂下 つる家

新つる家、前よりずっと立派ですねえ。二階座敷のお侍は、作者のワガママで丸腰にしています。一階座敷は庶民のお客。おおっと、妙に存在感のあるひとは戯《げ》作者《さくしゃ》でしょうか。調理

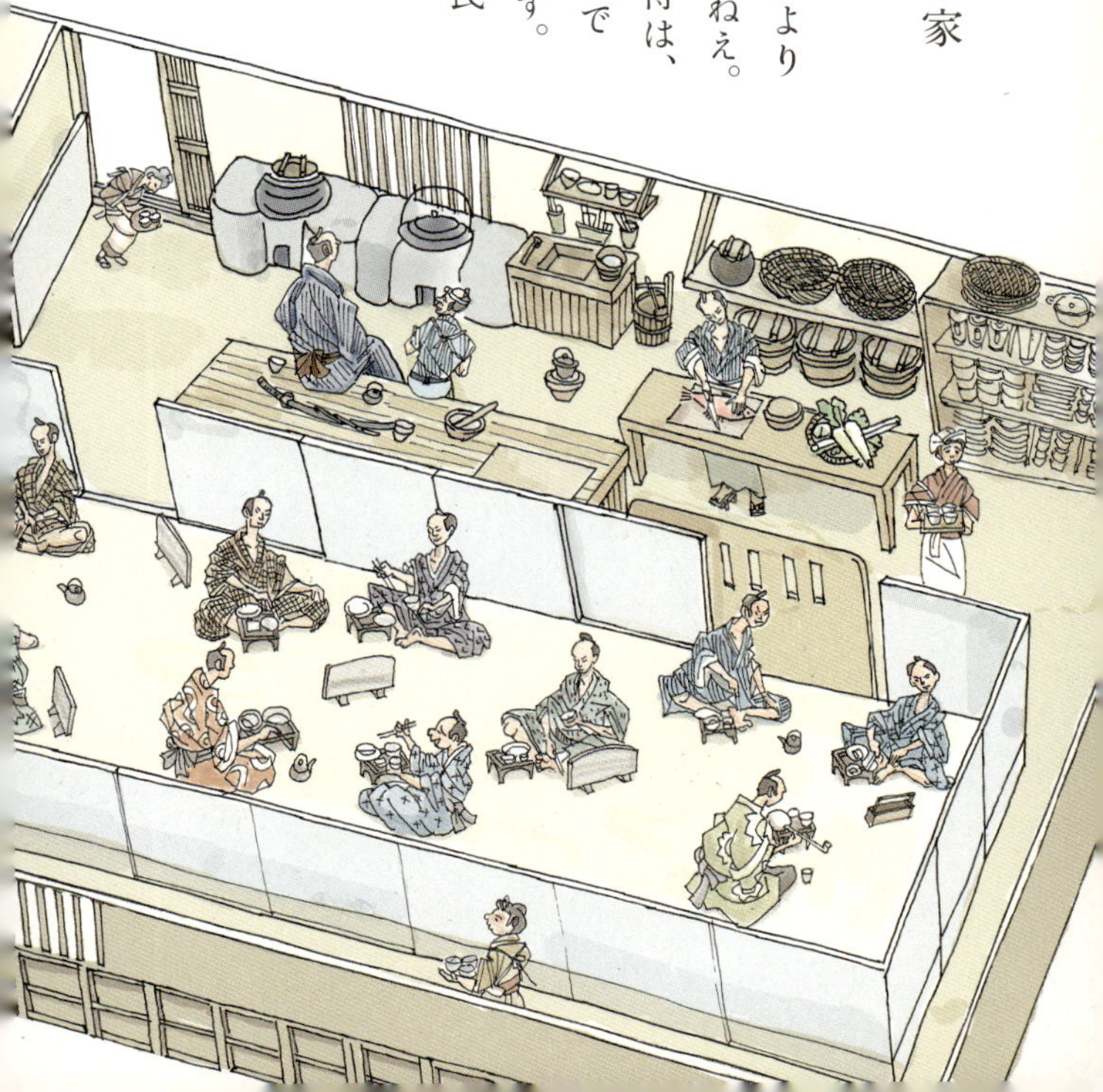

場ではりうさんがお約束の二つ折れ。魚を捌《さば》いているのは、助っ人の「あのひと」。りうさんの台詞《せりふ》ではありませんが、いい男ですね（涙）。

B5サイズから生まれる世界

「情景が目に浮かぶようです」

「そのひとが目の前に居る気がします」

読者のかたからそんな言葉を頂戴《ちょうだい》すると、嬉《うれ》しくて（ふきではないのですが）ぴょんと跳ねてしまいそうになります。

澪《みお》や野江《のえ》、芳《よし》に種市《たねいち》、旧つる家《や》に新つる家。

「みをつくし料理帖」に登場する人物や店は、B5サイズのスケッチブックにイメージを描いています。決して絵が上手なわけではないのですが、濃い鉛筆で輪郭を描き、色鉛筆で着色をしています。

例えば、澪ならば、かけおろしに結い上げた髪、特徴のある下がり眉《まゆ》。浅葱《あさぎ》紬地《つむぎじ》の着物にきりりと白い襷《たすき》をかけています。イラストの脇に、外観のデータなどの項目を記入しておきます。ちなみに澪の身長は一四五センチ、体重四三キロ。好物は隠元《いんげん》の天ぷらです。

片や野江。花見の宴《うたげ》の衣装を纏《まと》い、髪にはお決まりの櫛《くし》に簪《かんざし》に笄《こうがい》、満開の桜花を模した花簪を挿しています。身長一四四センチ、体重三八キロ。野江の方が澪よりも華奢《きゃしゃ》です。

スケッチブックには、旧つる家、新つる家、両方の間取りも描いています。いえ、胸を張って「間取り」と呼べるような代物《しろもの》ではないのですが……。それでも、つる家のシーンを書く時には、「澪はここに居て、芳はここを通って座敷に向かい、種市はここ」とそれぞれの位置を決めて書くようにしています。

クタクタのボロボロになったスケッチブックですが、私にとっては、何より大切な相棒です。

けれどね、澪さん。
恋はしておきなさい。

りう『花散らしの雨』二三三頁

なめらか葛饅頭
『花散らしの雨』二一四頁
作り方は同巻末

みをつくし内緒噺 6

清右衛門《せいえもん》先生、実は……

雑誌インタビューを受ける機会が多いのですが、中でもよく聞かれる質問事項のひとつに、「作中の人物にモデルは居ますか？」というのがあります。

澪《みお》と野江《のえ》が遭遇した、という設定の大水害は史実に基づいたものですし、折々の時代考証も出来うる限り忠実に、と心がけていますが、物語自体はフィクションですから、基本的に登場人物も私の創作です。ただ、これにはひとり、例外が居ます。

享和《きようわ》二年（一八〇二年）の大水害について丹念に資料をあたるうちに、ひとりの戯作者《げさくしや》の随筆にたどり着きました。江戸在住のはずが、たまたま京坂を旅していて被災地の惨状を目《ま》の当たりにし、書き残していたのです。長く元飯田町の中坂に暮らしていた彼は、実に筆まめで、当時の町の様子や折々の暮らしぶりなどもこと細かく綴《つづ》っていました。中坂、といえば、今のつる家のご近所さん。

その彼とは、江戸時代きっての文豪《ぶんごう》で、「椿説弓張月《ちんせつゆみはりづき》」や「南総里見八犬伝」などの著作で知られる「あのひと」です。

もし、彼を登場人物のひとりに据《す》えたら、物語の世界が広がるだろうなあ――図書館の片隅でそんなことを夢想しました。

戯作者清右衛門は、こんな経緯で、「あのひと」をモデルとして誕生しました。ただ、実在の人物をそのまま登場させることに抵抗があるため、実名は最後まで伏せようと思います。

作中、美緒《みお》が彼の戯作を面白くない、という場面で「犬にも興味がないし」と言い放《はな》っています。また、りうが「源 為朝《みなもとのためとも》の話、あれは面白うございました」と言っています。

他にもちらほらと戯作者の正体を推察できるエピソードを鏤《ちりば》めていますので、見つけてお楽しみ頂けたら、作者としてとても嬉《うれ》しいです。

あさひ太夫を、
お前が身請けしてやれ。

清右衛門『今朝の春』一四二頁

里の白雪
『今朝の春』一四一頁
作り方は同巻末

あたし、
あんまり幸せだから。

ふき『想い雲』二五一頁

ほろにが蕗ご飯
『花散らしの雨』
六八頁
作り方は同巻末

蕗《ふき》の青煮

『花散らしの雨』八九頁

―材料―
４人分

蕗………３本
塩………少々

出汁………カップ２
酒………大さじ１
味醂………大さじ１
塩………小さじ１
（a）

―作り方―

1　蕗は葉を落とし、鍋に入る程度に切り、塩で板摺《いたず》りします。
2　たっぷりの熱湯で蕗がしんなりする程度に茹《ゆ》でます。
3　水にとってしばらくおき、筋《すじ》を取り、４～５㎝長さに切りそろえます。
4　鍋に（a）を入れて煮立てます。3を加えてさっと煮立て、すぐにざるにあげ、蕗と煮汁を別々にして急いで冷まします。
5　冷めた煮汁に冷めた蕗を浸《ひた》して味を含ませます。

八代目からのお手紙

モデルつながりで、もうひとつ、内緒噺《ないしょばなし》をさせてください。作中に流山《ながれやま》の白味《しろみ》醂《りん》、というのが登場します。初出は『花散らしの雨』でした。相模屋《さがみや》の忠義の奉公人が、主《あるじ》の作り上げた白味醂を江戸に売りに来て苦労する、というエピソードでした。

江戸時代の調味料について調べる中で、文化十一年（一八一四年）、相模屋二代目店主、堀切紋次《ほりきりもんじ》郎《ろう》というひとが白味醂の醸造に成功した、ということを知りました。発売当初は大変な苦労をしたけれど、のちに相模屋の白味醂は大変な人気を博します。実はこの味醂、今も販売されています。ご存じのかたも多いと思いますが、「万《まん》上本《じょうほん》みりん」がそれ。

　文献をあたる中でその歴史を知った時、万上本みりんをとても心に近く感じました。勝手ながら、商品名は出さずに、相模屋紋次郎さんのお名前を作中に使わせて頂きました。

『花散らしの雨』が出てまもなく、担当編集者から緊迫した声で電話をもらいました。

「髙田さん、大変です。八代目紋次郎さんからお手紙が届きました」

狼狽《うろた》えましたとも。勝手に使わせて頂いたのです、お叱りを受けて当然、と思いました。ですが、届いたお手紙に綴《つづ》られていたのは叱責《しっせき》ではなく、「二百年の時を超えて、わが先祖に会うことが出来ました」という温かな言葉でした。八代目が伝え聞かれた相模屋さんのことなどが優しい筆跡で認《したた》めてあって、拝読していて胸が一杯になりました。

作中の登場人物の子孫のかたからお手紙を頂戴《ちょうだい》する、という果報。「みをつくし料理帖」を書いていて良かった、としみじみ思いました。

苦しい時に
思い出して
もらえるような、
そんなお膳を
作りなはれ。

芳『小夜しぐれ』二三四頁

鰊の昆布巻き
『小夜しぐれ』二三五頁
作り方は同巻末

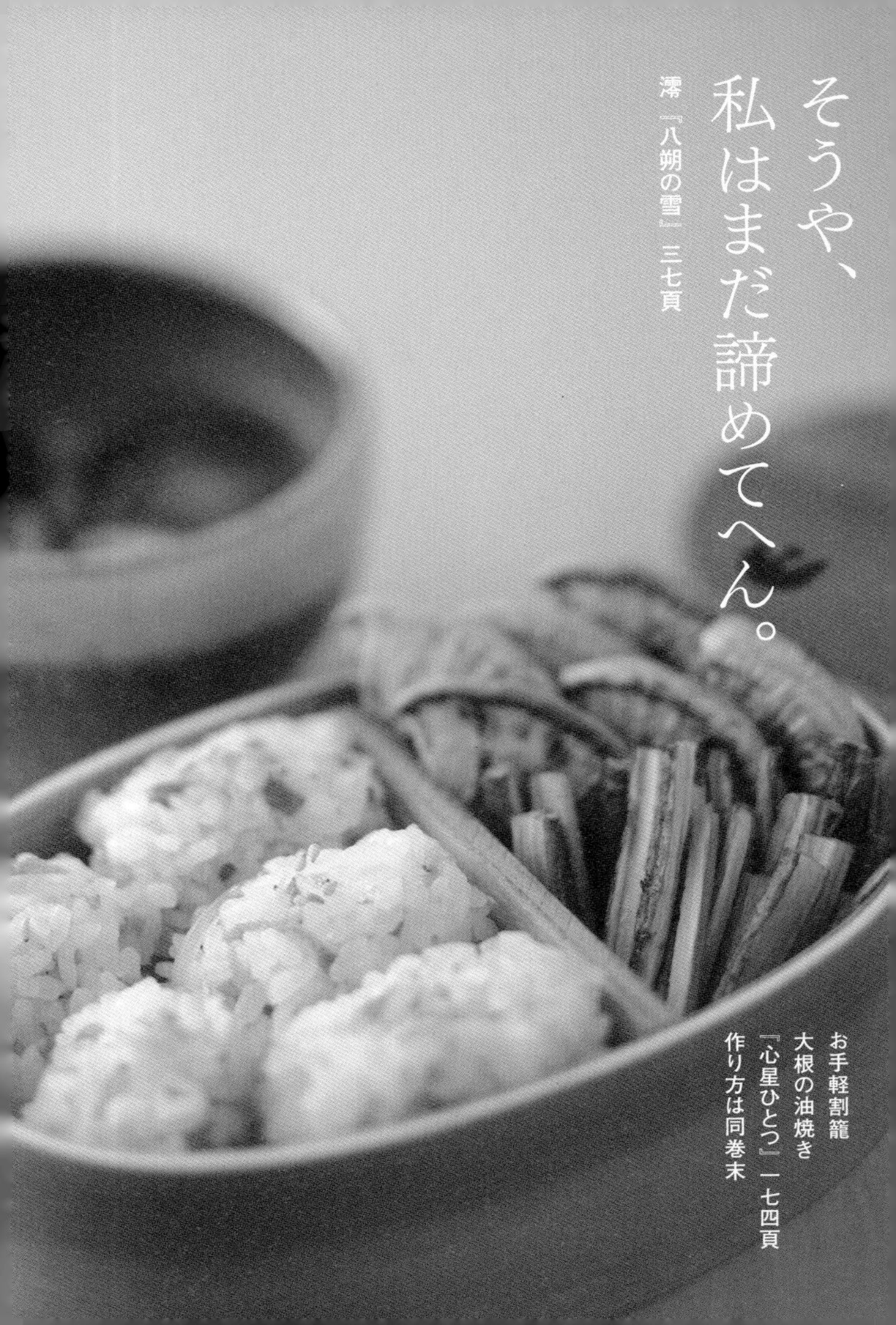

そうや、
私はまだ諦めてへん。

澪『八朔の雪』三七頁

お手軽割籠
大根の油焼き
『心星ひとつ』一七四頁
作り方は同巻末

梅と茗荷《みょうが》と胡麻《ごま》の握り飯

『心星ひとつ』二八頁

―材料―
12個分

米……………1合
梅干……………2個
茗荷……………1個
煎り胡麻……………適宜

―作り方―

1　米は洗い、鍋に入れて水加減し、約30分浸水させて炊きます。
2　梅干は種を取り除いて叩《たた》いておきます。
3　茗荷は細かく刻んでおきます。煎り胡麻は切り胡麻にしておきます。
4　1に2・3を混ぜ込んで小ぶりのおにぎり（12個）に握ります。

素《す》揚《あ》げ牛蒡《ごぼう》

『心星ひとつ』一六五頁

―材料―

牛蒡………1本
塩………少々
揚げ油

―作り方―

1　牛蒡は皮をこそげ、適当な大きさに切って油で揚げます。
2　軽く塩を振ります。

みをつくし内緒噺　8

試験に出る「みをつくし」

　平成二十三年の初夏以降、受験問題を出版する版元から「『みをつくし料理帖』が本年度の○○校の受験問題として使用されました。問題集に掲載するのに許諾《きよだく》を頂けますか」との問い合わせが幾つも入りました。

　いやはや、驚きました。「みをつくし料理帖」は作者も知らない間に、中学、高校、大学、専門学校などの受験問題として使用されるようになっていたのです。事前に問題内容が洩《も》れることがあってはならないからでしょう、こうした連絡は全《すべ》て事後なのですね。

どの版元さんも問題文を送ってくださいますが、解答はついていません。どれ、と極《きわ》めて軽い気持ちで問題に目を通してみました。楽勝、のはずでした。私が作者なわけですから、どんな問題であろうと完璧《かんぺき》に答えられるに決まっている、と。

どの受験問題も、中にひとつ、「この時の主人公澪《みお》の心情を次の中から選んで答えなさい」という形式のものが入っています。しかし、これが難しいのです。

「悲しい気持ち、寂《さび》しい気持ち、ううむ、怒りもあるよなあ」

選択肢ごとに悩んで、ついには鉛筆を放り出してしまいました。作者がこれほど悩むのですから、受験生は大変でしょう。出題者にこっそり正解を教えてもらいたくなります。

そうそう、模擬《もぎ》試験の問題で「みをつくし料理帖」が使用されたこともありました。模試帰りの高校生が書店に駆け込んで本を買ってくださった、というのも何とも幸せなエピソードです。

色々なご縁に、心から感謝。

信じて寄り添ってくれる
誰かが居れば、そいつのために
幾らでも生き直せる。
ひとってのは、
そうしたもんだ。

種市『小夜しぐれ』四八頁

浅蜊の御神酒蒸し
『小夜しぐれ』七二頁
作り方は同巻末

焼き蚕豆《そらまめ》

『小夜しぐれ』一九八頁

―材料―
1皿分

蚕豆………10鞘

―作り方―

1　蚕豆はグリルで鞘《さや》が真っ黒になるまで焼きます。鞘から実を取り出して召し上がれ。

―ひと言―

「蚕豆を鞘ごと焼くだなんて、何て乱暴な」と思われるかも知れません。でも本当に美味《おい》しいんですよ。そのままホクホクと食べれば、豆本来の旨《うま》みに感動します。

みをつくし内緒噺　9

帝釈天《たいしゃくてん》さまとのご縁

江戸時代の平均寿命は、一説によると男女とも二十代だったとか。これは、二十代で亡くなるひとが多い、という意味ではなく、乳幼児の死亡率が非常に高かったがための数字です。

今のような最新医療技術もない時代、病《やまい》に罹《かか》れば死に直結するケースも少なくありません。中でも抵抗力の弱い乳幼児はひとたまりもありませんでした。源斉《げんさい》のような名医が居れば心強いのですが、現実には病気になっても医師に診《み》てもらう、というのも容易ではありません。ではどうするか、というと、それはもう神仏に縋《すが》るよりないのです。江戸っ子たちの涙ぐましい神信心を調べるうちに、葛飾柴又《かつしかしばまた》の帝釈天《たいしゃくてん》の一粒符《いちりゅうふ》、という護符を見つけました。今も帝釈天で入手出来る、と知って、江戸時代と現代とが繋《つな》がるような思いがしました。

「これを作品の中に出させてもらいたいなあ」

そう願い、帝釈天にお許しを頂いた上で題名にも使用させて頂きました。短編「一粒符」の収まった『花散らしの雨』が出版された時にお礼に伺《うかが》い、それ以来、度々《たびたび》お訪ねするようになりました。

実は、私の携帯電話の着信音も、帝釈さまに因《ちな》んで

「男はつらいよ」の主題歌なのです。ちゃんと渥美《あつみ》清《きよし》さんの語りが入る優《すぐ》れものです（ちょっと自慢）。満員電車の中で「チャ～チャラララララ～」と鳴りだすとちょっと恥ずかしいのですが。

好きな菓子を問われ、煎り豆と答えた娘。

小松原『小夜しぐれ』二八三頁

ひとくち宝珠
『小夜しぐれ』二八二頁
作り方は同巻末

ああ、友待つ雪ですね。
源斉『今朝の春』一二七頁

白尽くし雪見鍋

『今朝の春』九三頁

一材料一

2鍋分

鱈……… 20g×4切れ
白葱……… 1／2本
しめじ……… 1／2株
大根……… 400g

出汁……… カップ1
醤油……… 適宜
酒……… 適宜
柚子……… 適宜

一下拵え一

＊鱈《たら》はさっと湯通しします。（A）
＊白葱《しろねぎ》は3cm長さに切り、しめじは石突きを取ってほぐします。（B）
＊大根はすりおろし、さっと水洗いしてざるにあげます。（C）

一作り方一

1 土鍋に出汁《だし》を入れ、火にかけ、沸騰したらA・Bを入れて火を通し、Cを加えます。ひと煮たちすれば出来上がりです。

2 柚子《ゆず》をしぼり、醤油《しょうゆ》と酒を合わせてたれを作って添えます。

一ひと言一

大根おろしは、さっと洗うことで優《やさ》しい味になります。ただし、「大根の栄養分をあまさず摂取したい!」という場合は、もちろん洗わなくても構いません。それはそれで、やはり美味《おい》しいですから。

みをつくし内緒噺　10

レシピ、付けてみました

シリーズ第一作目『八朔《はっさく》の雪』の第一話「狐《きつね》のご祝儀」の原稿を、担当編集者にメールで送る時のこと。何気なく、牡蠣《かき》の時雨煮《しぐれに》の写真を添えてみました。

担当編集者は二十代の青年ですが、

「美味《おい》しそうです。お腹《なか》が鳴ります」

と、実に食いしん坊らしい反応を示してくれました。

嬉《うれ》しくなって、以後、心太《ところてん》だ、鰹田麩《かつおでんぶ》だ、茶碗蒸しだ、

と次々に写真を送るようになりました。するとその度《たび》に、

「苦しいです、お腹が減って堪《たま》りません」

と、電話の向こうで身を捩《よじ》ってくれるのです。すっかり味をしめた私は、

「ねえねえ、いっそレシピとか付けようか」

と、自分からそんな提案をしてしまいました。当時はよもやそれが自身の首を絞めることになろうとは、思いもしませんでした。

作中の料理は全《すべ》て自分で作っていますが、レシピを付けるとなると、やはり「美味しい」と思って頂くことが一番。ですから、幾度も幾度も試作を繰り返す羽目になります。

「もう一日待って。もう一日待ってくれたら、もっと美

味しく出来る」

締め切りの日に台所からそんな懇願《こんがん》の電話を入れることもしばしばです。その度に担当編集者は、

「料理人じゃないのに……」

と、重い溜息《ためいき》をつくのです。

つる家であんたたちと
働けるのが、
どうにも嬉しいのさ。
柄じゃあねぇんだが。

又次『想い雲』一八六頁

忍び瓜
『花散らしの雨』二七七頁
作り方は同巻末

山芋の磯辺揚《いそべあ》げ

『想い雲』一九七頁

—材料—

浅草海苔 ………… 1枚
大和芋 ………… 100g
塩 ………… 少々
揚げ油

—作り方—

1　浅草海苔《のり》は四角く9等分に切ります。

2　大和芋《やまといも》は皮をむいてすりおろし、塩を加えます。1に塗って揚げます。

みをつくし内緒噺　11

忍《しの》び瓜《うり》の秘密

作中の料理のひとつに「忍び瓜」というのがあります。この忍び瓜、実は母が入院していた時の病院食がヒントになっているのです。

ある時、外科病棟に入院中の母を見舞うと、

「この前、お昼に出た胡瓜《きゆうり》の副菜がとっても美味《おい》しかったの。だから病院の栄養士さんに作り方を教わろうと思ってお手紙を書いたのよ。そしたらお返事を頂いて」

と、嬉《うれ》しそうに便箋《びんせん》を示しました。

どれどれ、と読ませてもらうと、そこには、患者さんに食事を美味しい、と言ってもらえるのが何より嬉しい、との言葉を添えて、胡瓜をさっと湯がく、とのコツが示されていました。

胡瓜を湯がく、という事実にびっくり。恐る恐る試してみたら、なるほどその歯触りの良さに二度びっくり。それから三週間、朝昼晩の三食、調味料を変え、湯がく時間を変え、色々な組み合わせで調理を試みました。三週間、毎食おかずが胡瓜だと、ものすごい勢いで体重は落ちます。周囲から、

「大丈夫？　仕事、きついんじゃないの？」

と、心配されました。確かにある意味、きつかったの

ですが……。

こんな経緯で出来上がったのが、忍び瓜です。ですから、とても愛着のある一品です。

酷暑の夏に、きんと冷やして召し上がれ。病み付きになること請け合いですぞ。

お澪坊、こいつぁいけねえ、いけねえよう。

種市『花散らしの雨』二六頁

ひょっとこ温寿司
『今朝の春』二〇八頁
作り方は同巻末

天賦の才はなくとも、
そうした努力を
続ける料理人こそが、
真の料理人だと
あたしゃ思いますよ。

りう『想い雲』二四九頁

里芋黒胡麻《くろごま》あん

『想い雲』二四一頁

一 材料 一
4人分

里芋……12個
黒胡麻……30g
米の研ぎ汁
葛……適宜

a
出汁……カップ2
酒……大さじ1
味醂……大さじ1
醤油……大さじ1

b
出汁……100ml
砂糖……大さじ1
味醂……大さじ1
醤油……小さじ2

作り方

1　里芋は皮をむき、米の研《と》ぎ汁で下茹《したゆ》でします。
2　鍋に（a）を用意し、1を入れて薄く味を煮含ませます。
3　黒胡麻はよくすり、（b）でのばして鍋に移し、火にかけ、少量の水で溶いた葛《くず》でとろみをつけます。
4　熱々の2を器に盛り、同じく熱々の3をかけます。

ひと言

この料理は「江戸のおそうざい　八百善料理通」（栗山善四郎著・中央公論社）を参考にさせて頂きました。黒胡麻あんは色々と応用が効きます。是非お試《ため》しを！

みをつくし内緒噺　12

サイン会でのひとこま

ひとと出会う時、なるべく顔と顔を合わせて出会いたい。そう思って、俗に言う「顔出し」は一切しておりません。ですから、サイン会で、読者のかたと直接お目にかかることが何よりも嬉《うれ》しいのです。

そのひとの目を見たい、たとえ少しでも言葉を交わしたい、そんな思いでいますから、サインに時間がかかります。列の最後の方にお並びのかたには、随分お待ち頂くことになってしまいます。申し訳ないなあ、と気ばかり焦《あせ》って、三度も同じかたのお名前を書き損じたこともあります（土下座）。

ほんのひと言、ふた言の短い遣《や》り取りの中にも、心に残る言葉が幾つもあります。

「澪《みお》ちゃんを幸せにしてください」

強面《こわもて》の中年男性から涙目で懇願《こんがん》されたことがありました。

初老の男性から「この下がり眉《まゆ》」と呼びかけられたこともあります。

「明日で定年を迎える母に贈りたいので」

と、お母さまの名前をため書きに望まれた娘さん。

「これ、二冊目なんです。息子に貸したら返してくれないので、買い直しました」

とおっしゃった、お母さん。

「主人の棺《ひつぎ》に最新刊を入れました」

そう言って涙を流されたかたもいらっしゃいました。

思わぬ災害で大切なひとを失われたかたに、かける言葉もなく、ただ、その背中をなでるばかりだったこともあります。


どのサイン会も、私の大切な宝物です。

見れば自分で出来るかも、
と思うでしょうが、
それを考え付くのは
簡単じゃありません。

澪『今朝の春』五〇頁

鮪《まぐろ》の浅草海苔《のり》巻き

『今朝の春』五〇頁

―材料―

2人分

浅草海苔 ……… 2／3枚
鮪 ……… 2～3㎝角・サク1本（約150g）
山葵 ……… 適宜
醬油 ……… 適宜
※1本で8切れできます。

―作り方―

1　両面をさっと炙《あぶ》った浅草海苔を広げ、鮪を巻いて1.8㎝幅に切ります。

2　山葵《わさび》を添えて、醬油《しょうゆ》をつけていただきます。

みをつくし内緒噺　13

箒草《ほうきぐさ》始末

秋になると真っ赤に紅葉する、コキアという植物があります。和名は「箒草」。名前の通り、箒の材料になる草ですが、その実は「とんぶり」と呼ばれ、食用になります。

作中で「ははきぎ飯」を取り上げよう、と決めた頃から、コキアを自宅の庭で育てました。比較的育てやすい上に、淡い緑色から燃えるような紅葉へと、目にも楽しいのです。実を集めて乾燥させ、自家製とんぶり作りに挑戦すべく、頑張ったのですが……。その小さな小さな粒々した実を水で洗う作業中に、うっかり流してしまいました。ああっ、と思った時にはすでに遅く、流れた先の排水孔を恨めしく見つめるばかり。

仕方なく、市販のとんぶりで「ははきぎ飯」を作ったのですが、どうにも敗北感が拭《ぬぐ》えません。あまりに口惜《くや》しくて、実を収穫したあとのコキアをからからに乾燥させて、箒にしました。箒、と言っても庭が掃けるほどの立派なものではなく、ミニ箒です。

我が家の庭には、信楽焼《しがらき》の狸《たぬき》の置物があるのですが、その狸に持たせてみました。小首を傾《かし》げた子狸が箒を抱えている姿は、何とも愛嬌《あいきょう》があります。試しに写真に撮って色々なひとに見せたら「可愛《かわい》い」と誉《ほ》められました。

ですが、誉められれば誉められるほど「おかしい、こんなはずではなかったのに」とさらなる敗北感に見舞われるのです。とほほ。

牡蠣の宝船
『夏天の虹』一三七頁
作り方は同巻末

ほら、健坊、
宝船だよ。

ふき『夏天の虹』一〇二頁

最後まで男の本当の名を呼ばないままだった、と。

澪『夏天の虹』二八頁

蓮根《れんこん》の射込《いこ》み

『夏天の虹』九四頁

—材料—
4人分

蓮根……200g
海老……120g
片栗粉……適宜
揚げ油（胡麻油）
大和芋……15g

卵白……10g
塩……少々
酒……小さじ1
（a）

溶き芥子……大1／2
酢……大1／2
（b）

—作り方—

1　蓮根は皮をむいて酢水につけます。

2　海老《えび》は殻をむいて背わたを取り除き、細かく叩《たた》き、すり鉢であたります。（a）を加えてなめらかにします。すりおろした大和芋《やまといも》、卵白も加えて更になめらかにすります。

3　1の水気を取り、2を蓮根の穴につめ、1cm幅に切ります。

4　3の切り口に片栗粉をつけて胡麻油で揚げます。

5　器に盛り、（b）を合わせた芥子酢《からしず》を添えます。

みをつくし内緒噺 14

本屋さんへの愛

私の生まれ育った宝塚の町には、昭和四十年代、子供の足で歩いて通える範囲に、本屋さんが四、五軒ありました。

書棚の本の並べ方や、平積みの仕方、どんな種類の本に力を入れているか等々、本屋さんにもそれぞれ個性があることを、幼いながらも知っていました。

学校から帰ると、お小遣いを握りしめて、そうした本屋さんをぐるぐると廻《まわ》ります。本屋さんの方でも、毎日来る子供の顔を覚えてくださって、随分と可愛《かわい》がって頂きました。子供時代の大事な心を、私は本屋さんで育ててもらいました。

その後、バブル期の地上げがあり、阪神・淡路大震災がありました。ほかにも様々な事情があったのでしょう、幼い頃から馴染《なじ》んだ書店は次々に姿を消してしまいました。とても寂しく思っておりましたが、自身が作家となって本を出すようになると、全国規模で、親しくさせて頂ける本屋さんが増えました。

「子供の頃、本屋さんになりたかった」

そんな打ち明け話を、神戸元町の本屋さんにしたことがあります。

「だったら、うちで棚卸《たなおろし》のバイト、してみる?」

とのお誘いを受けて、丸一日、書店員さんになりきって棚卸を経験させて頂きました。

棚卸自体はハードでしたが、終日、本に触れられて、何とも幸せな経験でした(きっちりバイト代も頂きました)。その時に、私は紙で出来た本が大好きなのだ、と実感しました。

例えば心に屈託を抱えたまま家路に就きたくない時、私は本屋さんを探します。紙の匂《にお》いを嗅《か》ぎ、紙の手触りを味わって本を選ぶうちに、何時《いつ》しか心は平静を取り戻します。本屋さんには、そうした不思議な力が宿るように思います。

昔も今も、本屋さんは私の大切な場所です。

あなたがたを
見ていると、
春樹暮雲、という
言葉を思い出します。

源斉『想い雲』一一二頁

ふっくら鱧の葛叩き
『想い雲』一二六頁
作り方は同巻末

本当は自分が
どうしたいか、
とうに気付いてる
でしょうに。

りう『心星ひとつ』一二二頁

かて飯

『心星ひとつ』三七頁

材料　4人分

米……2合
牛蒡……150g
酢……適宜
油揚げ……1／2枚

a
昆布出汁……カップ2
酒……大さじ1
塩……小さじ1／2
醤油……大さじ1

作り方

1　米は洗い、ざるにあげて、約30分おきます。
2　牛蒡《ごぼう》は皮をこそげ、笹《ささ》がきにして酢水に放ちます。
3　油揚げは湯通しして、刻みます。
4　鍋に米、(a)を入れ、水気を切った2、3を加えて炊きます。

みをつくし内緒噺 15

本屋さんからの愛

「みをつくし料理帖」シリーズが多くのかたのお手に取って頂けた理由のひとつに、本屋さんの後押しがあります。

シリーズ第一作『八朔《はっさく》の雪』を上梓《じょうし》して間もない頃。駆け出しの無名作家の本を、あちこちの本屋さんが「面白いからお客さまに強くお勧めしましょう」と協力を申し出てくださいました。平台に載せ、手描きのポップを付け、来店されるお客さまに向けて宣伝してくださったのです。角川春樹事務所の営業さんと担当編集者と三人で書店廻《まわ》りをした際に、その様子を目《ま》の当たりにして、言葉にならないほど感激しました。

それまで長く出版業界に身を置いていましたが、本屋さんと直接、繋《つな》がらせて頂いたのは初めてのことでした。以来、巻を重ねるごとに、現場で働いておられる書店員さんとじかにお話し出来る機会も増えました。

「料理本を出そうと思うのだけど」

親しくしている京都（※当時）の書店員Nさんにそう話したところ、

「それなら文庫本サイズにしてはどうでしょうか。『みをつくし料理帖』シリーズと同じ売場に並べて置けますから、お客さまも見つけやすいですよ」

　と、提案されました。

　それまで、よくある大型サイズの料理本を考えていた私は、「ああ、なるほど」と。しかも文庫本サイズにすれば、購入後もシリーズと一緒に保管しやすいはずです。こうした提案も現場の書店員さんならばこそ、と感心しきりでした。

　Nさんを始め全国の書店員さんの手で、この『みをつくし献立帖』はシリーズとともに書棚に並べて頂けることでしょう。ありがとう、全国の本屋さん。

一陽来復だな、
澪さん。

又次『夏天の虹』二三〇頁

鯛の福探し
『夏天の虹』二一七頁
作り方は同巻末

これまで通り、
このまま変わらずに。

澪『心星ひとつ』一二五頁

烏賊《いか》の巻物

『心星ひとつ』一五九頁

【材料】

紋甲烏賊……1杯（200g）　酢……適宜
食用菊（小菊）……22輪

【作り方】

1　烏賊は薄皮を除いて、表面に縦に細かく包丁目を入れます。
2　食用菊は花びらをばらして、酢を加えた熱湯で茹《ゆ》で、水にさらします。
3　1を裏返し、水気を切った2を薄く敷き詰めるように散らします。
4　端からきつく巻き込み、1・5cm幅に切ります。

【ひと言】

包丁目を深く入れれば、写真よりももっと身が開きます。

みをつくし内緒噺 16

表紙の世界

この本の表紙もそうですが、「みをつくし料理帖」シリーズの表紙は、実は版画なのです。クリエイターは卯《う》月《づき》みゆきさん。

毎回、ゲラに朱を入れている頃に、卯月さんから表紙用版画が届けられます。それを見るのが修羅場中の唯一の楽しみでもあります。

事前にラフスケッチを見せて頂いてはいるのですが、

色が入った版画としての刷り上がりを見る度、「おおっ」と感動してしまいます。

卯月さんの凄《すご》いところは、作品の核心を的確に読み取り、情感を込めて表現される点にあります。

例えば、『夏天《かてん》の虹』の表紙。タイトルだけを反映するならば、夏の真っ青な空に架かる虹を描くのが通常でしょう。けれども、卯月さんは雨の場面を表紙に選ばれました。おそらく、読み終えて本を閉じた時に、卯月さんの表紙に得心が行くかたも多いのではないでしょうか。

また、表紙をつぶさに見れば、雨粒が虹色なのです。こんな形でタイトルの虹を版画に取り入れるところも凄いなあ、と。

卯月さんの版画を表紙として装幀してくださるのは、

西村真紀子さん。卯月さんの版画を最大限に生かす形で題字を加え、全体を整えてくださいます。

「みをつくし料理帖」の表紙の世界は、女性ふたりの職人技に支えられているのです。

他人に際限なく
寄りかかるのは似合わねぇよ。

又次『夏天の虹』二五七頁

又次の柚べし
『夏天の虹』一一五頁
作り方は同巻末

受ける側が聞く耳を
持っているのは、
忠告をした側にとっても
幸せなことです。

坂村堂『夏天の虹』二四七頁

鬼胡桃《おにぐるみ》と干し柿の白和《しらあ》え

『夏天の虹』一〇一頁

―材料―
4人分

胡桃………14粒
干し柿………30g×2個
豆腐………400g

白味噌………40g
砂糖………小さじ2
味醂………小さじ2
（a）

―作り方―

1　胡桃はフライパンで乾煎《からい》りします。
2　干し柿は2cm幅に切り揃え、細切りにします。胡桃は粗く砕きます。
3　豆腐は水切りします。
4　すり鉢に3を入れてすり、白味噌と（a）を加えてすり混ぜます。
5　4に2を加えて混ぜ、器に盛ります。

みをつくし内緒噺 17

まぼろしの「一日つる家《や》」

「もしも、『みをつくし料理帖』シリーズが累計で百万部を超えたら、感謝の気持ちを込めて『一日つる家』をやりたいなあ」

五十万部を超えた頃でしょうか、お酒の席でそんなことを呟《つぶや》いていました。馬鹿です。大馬鹿です。

「あら、良いわね、素敵」

店の女将《おかみ》さんが、真っ先に賛同しました。

「うちの二階を貸しましょう。小さいけれど台所もありますよ」

よしよし、場所も確保できた、とほくほくした私は、その場に居合わせたひとたちに、尋ねました。

「当日、助っ人をしてくれるひとを募《つの》ります。お運びと、洗い場と、料理人と、下足番《げそくばん》。無論、報酬は雀《すずめ》の涙です。どなたかお願い出来ませんか?」

全員が協力を申し出てくれたのですが、何故《なぜ》か、下足番に人気が集中。

老練な紳士が頬《ほお》を染めて言うのです。

「ふきちゃんの役をやってみたい」

うんうん、と皆さん、揃《そろ》って頷《うなず》くではありませんか。

私は思わず、天を仰《あお》ぎましたとも。

小さな店の調理場に立つのが私ひとり。洗い場もお運びも居なくて、下足番が七名ほど。

そんな「一日つる家」、絶対に嫌です。

結果、「一日つる家」は立ち消えとなりました。ホッとしたような、残念なような。

おいら、
姉ちゃんと一緒に
下足番をやりたい。

健坊『小夜しぐれ』一八頁

こんがり焼き柿
『想い雲』二五三頁
作り方は同巻末

料理に向かう時は、胸に陽だまりを抱いていようと思う。

澪『想い雲』六三頁

ふわり菊花雪
『想い雲』二〇二頁
梅土佐豆腐
『想い雲』六四頁
作り方は同巻末

ありえねぇ

『花散らしの雨』二三二頁

材料

4人分

胡瓜……大1本
塩・酢……適宜
茹で蛸（足）……80g
新生姜……10g

a
酢……大さじ1・1／2
出汁……大さじ1
塩……小さじ1／4
醤油……小さじ1／2
味醂……小さじ1

作り方

1　胡瓜《きゅうり》は薄く小口に刻んで、軽く塩をしてもみ洗いします。さらにさっと酢洗いしておきます。
2　新生姜《しょうが》は皮をむき、細めの千切りにして水に放ちます。
3　茹《ゆ》で蛸《だこ》はそぎ切りにして酢洗いします。
4　1・3の水気をしぼって（a）で和《あ》え、針生姜を天盛りにします。

胡麻塩《ごましお》

『今朝の春』一二六頁

材料

1鉢分

黒胡麻(洗い胡麻)……… 100g
水 ……… カップ1
自然塩 ……… 大さじ1

作り方

1 食塩水を作って洗い胡麻を入れ、半日ほどおきます。
2 ざるなどに移してよく水気を切ったら、焙烙《ほうろく》や鍋で気長に乾《から》煎《い》りします。

みをつくし内緒噺　18

光になる言葉

漫画原作から時代小説へ、転身を決めた直接の要因は、両眼《りょうめ》の網膜に孔《あな》が空いたからでした。

今、転身しないと、きっと後悔する――病院の待合室の長椅子《ながいす》で、決心しました。

ただ、時代小説がどれほど好きでも、私には江戸時代に関する知識も素養もありません。それを身に付けるため、連日、大阪の図書館へ通いました。漫画原作の仕事を断《た》ち、暫《しばら》くは預金で細々と暮らしましたが、徐々に生活は逼迫《ひっぱく》していきます。

図書館で文献に触れている間は、新たな知識が身に付く手応《てごた》えで、とても甘い時間を過ごせました。けれども、帰路に就く時、我が身の現実を思い、本当に怖くて不安で堪《たま》りません。

そんな折り、ある漫画雑誌の編集長から一通のメールを受け取ります。私の転身の意志を知り、「漫画の原作を書きなさい」という台詞《せりふ》を封印、以後ずっと、遠くからエールを送ってくださるひとでした。

「あなたの努力が報《むく》われることを、心から祈っています」

短い一文は、闇《やみ》の中に差し込む一条の光になりました。

こんな風に見守ってくださるかたが居るのに、先行きの不安に溺《おぼ》れていては駄目だ、これからはこの光を大切に守っていこう——強く、思いました。

言葉は時として光になる、ということを身をもって知った出来事でした。

読み手の心の中で光になるような、そんな言葉を紡《つむ》げる作家になりたい。今は切《せつ》にそう祈っています。

色々あるだろうけど、
戻ってくれて
ありがとよ。

つる家常客『夏天の虹』四三頁

大根葉と雑魚《じゃこ》の甘辛煮

『夏天の虹』四一頁

―材料―

大根葉……… 100g
ちりめんじゃこ……… 30g
胡麻油……… 適宜
煎り胡麻……… 大さじ1

酒……… 大さじ1
味醂……… 大さじ1
醤油……… 大さじ1／2

（以上 a）

―作り方―

1　大根葉は1㎝長さに切り、さっと茹《ゆ》でてしぼります。
2　鍋に胡麻《ごま》油をあたため、ちりめんじゃこを入れ、1を加えて炒《いた》めます。
3　（a）を加えて、さっと混ぜ、仕上げに胡麻を入れて炒めます。

蕪《かぶ》の柚子《ゆず》漬け

『夏天の虹』四一頁

―材料―
4人分

蕪（葉なし）………2個～5個（約500g）
塩………小さじ1／2
柚子………1個

酢………大さじ3
砂糖………大さじ1
塩………小さじ1／4
a

―作り方―

1　蕪は皮をむき、ひと口大に切り、切込みを入れます。塩でもみ、重石《おもし》をして1時間おいた後、ぎゅっとしぼります。

2　柚子の皮を薄くそいで細く切ります。実をしぼって果汁を取ります。一個分の皮と果汁の両方を使います。

3　1と2に（a）を加え、重石をして半日ほどおきます。

―ひと言―

柚子の果汁の量により、酢を加減してくださいね。

みをつくし内緒噺　19

つるやを探して

十五年ほど前に、神奈川県川崎市で「つるや」という焼き鳥屋さんを探したことがありました。末期がんの父が病床で、懐かしそうにその店の話をしたことがきっかけでした。

昭和三十一年、銀行員だった父は、妻と生まれたばかりの息子（私の兄）を兵庫県に残して、単身赴任をしていました。二重生活ゆえに倹《つま》しい暮らしぶりでしたが、週に一度だけ、仕事帰りにつるやで焼き鳥を少しとコップ酒を一杯きり呑《の》むのが楽しみだった、とのこと。「懐かしいなあ、あの頃はコップ酒一杯で『ああ、生き返る』と思った」

そう繰り返す父に、何とか元気になってもらいたくて、私はカメラを手に、川崎へ向かいました。もし、四十年以上過ぎてなお、つるやが営業されておられるなら、店主にお話を伺《うかが》い、店内の写真を撮らせて頂こう、そう思いました。

父の勤めていた銀行の川崎支店を中心に、丹念に尋ね歩いたものの、どうしてもつるやを見つけることは出来ませんでした。

父が亡くなったあとも、折々に、つるやを思いました。

焼き鳥屋の片隅、若い日の父がコップ酒を手に憩《いこ》う姿を思い浮かべる度《たび》に、鼻の奥がつんとしてなりません。

背負うものも多く、苦労ばかりの父でしたから、せめてそんな時間を過ごしていてくれたことが、しみじみと有り難いのです。

「みをつくし料理帖」シリーズで、主人公の澪《みお》が働く店の名を「つる家」としたのは、このつるやの思い出に因《ちな》みます。

作中、お客たちが澪の料理を美味《おい》しそうに食べる場面を描く時、そこに父の姿があるように錯覚してしまいます。食べ物で慰《なぐさ》めを得られる幸せを綴《つづ》る度に、書き手である私自身が慰められる思いがします。

そうだ、ありふれていないことだ。

澪『小夜しぐれ』一三頁

菜の花飯
『小夜しぐれ』一三七頁
作り方は同巻末

桜の花の塩漬け

『小夜しぐれ』一二八頁

一 材料 一

八重桜（七分咲きくらい）………50個程度
塩………8g
梅酢………大さじ1

一 作り方 一

1　たっぷりの水で洗った八重桜に塩をして、重石《おもし》をして一晩おきます。
2　1をぎゅっとしぼり、梅酢を振りかけて重石をして、2日ほどおきます。
3　2をしぼり、水気を拭《ぬぐ》って風にあて、よく乾燥させます（目安は5日ほど）。
4　清潔な容器に塩（分量外）と3を交互に重ねるように入れて保存します。

読者との遭遇

季節は夏だった、と記憶しています。

その日、私は大阪の病院の待合室に居ました。患者で混雑していた待合も、時間が経《た》つにつれ、空席が目立つようになりました。

私の向かいの席に、四十代の会社員らしき男性が座り、鞄《かばん》の中から文庫本を取り出しました。藍《あい》色に柔らかな薄紅色が重なる表紙が見えました。

あっ、と思いました。

どきり、と心臓が大きくひとつ跳ねて、いやいや、きっと見間違いだろう、と思い直します。悟られないように、じっと本を注視していたら、今度ははっきり表紙がこちらに向けられました。

「みをつくし料理帖」シリーズ第一弾、『八朔《はっさく》の雪』だったのです。拙著を読むひとに出会った、初めての経験でした。心臓は早鐘《はやがね》を打ち、どっと汗が吹き出します。それが緊張から来るのか、更年期障害なのか、判断が付きかねて、私はそっと席を移りました。

また、ある時。百貨店の地下の定食屋さんで、同じテーブル席に居た七十過ぎと思《おぼ》しき男性がカバーのかかった本を取り出しました。ちらりと地図が見えました。

食べていた湯豆腐定食が喉《のど》につかえそうになりました。澪《みお》の長屋、という表記が目に映ったのです。

そして、『心星《しんぼし》ひとつ』が発売されて数日後。

私鉄電車に乗車していたら、同じ車両にふたり、カバーもかけずにその本を読んでいるひとたちが居ました。目的地に着くまでの間、車窓に目を奪われている振りを通しましたが、言葉に尽くせぬほど、深い感謝の念が胸に溢《あふ》れました。

転身を決めて、図書館に通い詰めていたあの頃、こんな情景に遭遇する日が来るとは思いもしませんでした。「みをつくし料理帖」シリーズをお手に取ってくださる読者の皆さまに、厚く御礼申し上げます。

涙は来ん、来ん。

野江『花散らしの雨』九七頁

金柑の蜜煮
『花散らしの雨』一〇五頁
作り方は同巻末

書き下ろし小説

貝寄風《かいよせ》

享和《きょうわ》二年（一八〇二年）、如月《きさらぎ》二十日。

残り十日ほどで弥生《やよい》を迎えることもあり、娘の居る大坂の商家では、そろそろ桃の節句の仕度《したく》に取りかかる。雛飾《ひなかざ》りを整え、菓子や白酒の用意をするのだが、平素は始末が身上《しんじょう》の大坂商人たちも、子の成長の節目は大切にし、それぞれの身の丈《たけ》に応じた祝いをするよう心がけている。

房《ふさ》、華《はな》、野江《のえ》と名付けられた三人の娘が居る高麗橋淡路屋《こうらいばしあわじや》でも、内儀と娘たち、それに女衆《おなごし》らの手で無事、奥座敷に雛飾りが整った。

金糸銀糸《きんしぎんし》の着物を纏《まと》い、檜扇《ひおうぎ》を広げた女雛《めびな》。笏《しゃく》を手に、悠々と構えた男雛《おびな》。三人官女に五人囃子《ばやし》、随身《ずいじん》に二樹。精巧に作られた調度類の数々。緋毛氈《ひもうせん》に並ぶと圧巻の段飾りである。

色鮮やかな雛飾りと競うように、仕立て上がりの晴れ着が三枚、衣桁《いこう》に広げられてそれぞれの出番を待っている。松葉を散らせた萌黄《もえぎ》色の振袖《ふりそで》はいとさん（長女）の房のもの、菜種《なたね》色の花熨斗《はなのし》柄《がら》は中《なか》いとさん（次女）の華、そして鴇《とき》色に桜花をあしらった振袖はこいさん（末娘）の野江のために用意されたものだった。

ひと通りのお披露目《ひろめ》を済ませ、今、室内にひとの気配はない。

「澪《みお》ちゃん、こっち、こっち」

促《うなが》されるまま、澪は、野江のあとについて奥座敷に足を踏み入れた。途端《とたん》、部屋中に溢《あふ》れる色彩に目を射られ、息を呑《の》んだきり動けない。

「どないしたん、澪ちゃん」

固まったままの友を案じ、野江は澪の腕を捉《とら》え、軽く揺さ振った。

野江ちゃん、と澪は掠《かす》れた声で応《こた》えたものの、あとの言葉が続かない。齢《よわい》八つ、四ツ橋の塗師《ぬし》の娘として、慎《つつ》ましく育った身。初めて目にする見事な設《しつら》えに、圧倒されてしまったのだ。

澪と並んで暫《しばら》くは段飾りを眺《なが》めていた野江だが、もう見飽《みあ》きてしもた、と頭《かぶり》を振る。

「このお雛さんはきれいけど、いろたら（触ったら）あかんし、遊ばれへんから、私はあんまり好きやないん」

「お雛さん、いろたらあかんの？　野江ちゃん」

澪に問われて、野江は、ふん、と柔らかく頷《うなず》いた。「うん」という言葉も、野江が言うとことさら優しく「ふん」と聞こえるのだ。

「お道具で遊ぶのはええんやけど、お雛さんは見るだけやの。せやさかい、私は澪ちゃんとこのお母《かあ》はんが作らはった、手縫《てぬ》いのお雛さんが羨《うらや》ましいんよ」

そう言って、野江は切れ長の目を細めた。

澪の母わかは、一人娘のために寄せ布で雛人形を作り、箪笥《たんす》の引き出しを利用して段飾りにしてくれた。倹《つま》しい雛飾りだが、わかの愛情が一杯に詰まっている。褒《ほ》められたのが嬉《うれ》しくて、澪は身体《からだ》の強張《こわば》りを解《と》くことが出来た。

「こいさん」

襖《ふすま》が開いて、年の頃十二、三、野江によく似た目もとの娘が顔をのぞかせる。野江のすぐ上の姉の華だった。

「私もお友達にお雛さん見せたいんやけど」

野江に話しかけていながら、その眼差《まなざ》しは澪の粗末な藍木綿《あいもめん》の着物に注《そそ》がれている。

野江は澪の前に立ち、華の視線を遮《さえぎ》った。

「どうぞ。私らはもう見たし」

澪ちゃん、行こ、と野江は澪の手を引いて部屋を出る。

廊下で華の友人らとすれ違った。いずれも名のある商家の娘なのだろう、普段着ゆえに色目こそ地味だが友禅《ゆうぜん》染を纏い、揃《そろ》いの割しのぶに結い上げた髪が可愛《かわい》らしい。少女らは、野江に手を引かれた澪の形《なり》に、軽く目を見張った。

「えらい小さい女衆《おなごし》やね」

「子守りと違うん？」

「お華ちゃんとこ、赤子《あかご》おらんよ」

悪意のない話し声に、澪は改めて自分が場違いなことを思い知る。幾度《いくど》も水を潜《くぐ》った藍木綿の粗末な着物が急に恥ずかしくなった。

「澪ちゃん、私の部屋で遊ぼ。それとも店の方へ行こか。せや、義山《ギヤマン》のお皿、見に行こ」

ことさらに大きな声で言うと、野江は澪の腕をぐいっと引っ張った。

東横堀《ひがしよこぼり》川に架かる高麗橋は、大坂から各地への距離を測る際の基点とされていて、ひとびとの往来も多い。橋を渡って西へと続く高麗橋通りには、越後屋《えちごや》、河内屋《かわちや》、岩城屋《いわきや》などの名だたる呉服店や両替商が集まり、商《あきな》いの上でも大坂の要《かなめ》となる場所であった。

高麗橋淡路屋は、この通りの一画に店を構える唐小間物《とうこまもの》商である。店頭に異国渡来の新しい品が並ぶと、珍しいもの好きの難波雀《なにわすずめ》らが必ず噂《うわさ》にした。広い間口《まぐち》の前に立てば、美しい色彩の置物や書画がひときわ目を引くが、中でも人気の品が義山の器《うつわ》だった。

「こいさん、お頼《たの》申します、これで遊ぶんは堪忍しとくなはれ」

若い手代《てだい》が義山の並んだ棚の前で、商品を守るように両の腕を広げている。

義山の器は繊細《せんさい》で脆《もろ》く、些細《ささい》なことで欠けたり割れたりしてしまうのだ。

「せやけど義山のお皿、いろてみたいんやもん。あのひんやりしたの、私、大好きなんよ」

言い募《つの》る野江のことを、澪は両の眉《まゆ》を下げながらおろおろと眺めている。義山の皿が好きなのは、野江ではない。

昨夏、野江に誘われるまま、初めて淡路屋を訪《おとず》れた時のことだ。よもや倹しい塗師の娘が来るとは思わなかったのだろう、こいさんの大事な友達ということで、義山の器で心太《ところてん》が供された。生まれて初めて触れたその器のひんやりとした手触りに驚いた澪は、ほてった頬《ほお》に器の底をくっつけてその感触を楽しんだ。野江はそれを覚えていたのだ。

「何ぼ(いくら)こいさんでも、あかしまへん。どこぞ余所《よそ》で存分に遊んでおくれやす」

手代も決して譲《ゆず》らない。

その様子を見守っていた番頭《ばんとう》が、こいさん、と呼びかけて、板敷に両の膝《ひざ》をついた。

「こいさんは、いろて遊べるもんがお好きだすなあ。ほな、内緒で貝桶《かいおけ》をこいさんのお部屋の方へ運ばしてもらいまひょか」

貝桶、と愛らしい声で繰り返して、野江は瞳《ひとみ》を輝かせた。

「ほんまか、龍助《りゅうすけ》どん」

「へえ、ほんまだす」

龍助どん、と呼ばれた番頭は、にこにこと頷いてみせる。

「聡《さと》いこいさんや、淡路屋の商いの品、ようよう気ぃつけて遊んでくれはりますやろ。せやさかい、ほかの嬢《とう》さんらには内緒だすで」

穏《おだ》やかに言って、ああ、せや、と番頭は小膝を打った。

「丁度、虎屋《とらや》から別注の乾菓子《ひがし》が届いたとこだす。来月三日にお客さんにお配りする品でおますが、お梅《うめ》どんに言うて、こっそりふたつほどお部屋の方へ届けさせまひょなあ」

「おおきに、おおきに、龍助どん」

野江は歓声を上げ、両の手を合わせた。

虎屋、と聞いただけで、のどが勝手にごくりと鳴って、あまりの決まりの悪さに、澪は頬を染めて俯《うつむ》いた。

同じく高麗橋通りに店を構える虎屋は、美味《うま》い饅頭《まんじゆう》を売る店として世に知られている。長崎出島《でじま》の砂糖を用いた蒸し饅頭が名物で、暖簾《のれん》を出してから終《しま》うまで店の前の行列が途切れることはない。京坂《きようざか》はもとより、遠路はるばる足を運ぶ旅人の姿も目立った。ひとつ五文《もん》、という値もその味を知れば決して法外というほどでもない。澪の父の伊助《いすけ》も虎屋の饅頭が大好物で、月に幾度か、土産《みやげ》として持ち帰る。それゆえ、澪もその味わいの虜《とりこ》だったのだ。

「嬢さんも、楽しみに待っててておくれやす」

温かな目を澪に向けて、番頭は頬を緩《ゆる》めた。淡路屋の中でこの番頭だけが、澪をほかの商家の娘たちと分け隔《へだ》てなく「嬢さん」と呼んでくれる。くすぐったいような思いで、澪はぴょこんと頭を下げた。

淡路屋には三人姉妹のほか、一番上に長男の吉哉《きちや》がおり、これが跡取りと決まっている。だが、淡路屋店主吉治《きちじ》は大変な子煩悩《こぼんのう》で、三姉妹それぞれに婿《むこ》を取り、暖簾を分ける心づもりで居ることを公言して憚《はばか》らない。ことに吉治は末娘の野江を目の中に入れても痛くないほどに溺愛《できあい》していた。その証《あかし》か、夫婦の寝所に一番近い部屋が野江の部屋として割り当てられている。高麗橋通りの喧騒《けんそう》の届かない、静かな座敷だった。

「野江ちゃん、それ何なん？」

澪は目の前に置かれた二組の入れ物を前に、首を傾《かし》げる。

八角の容器は、高さ十二寸（約三十六センチ）ほど。一見、重箱のようだが、よく目を凝《こ》らせば、継ぎ目はなく、施《ほどこ》された金蒔絵《まきえ》は貝を流水でつないだ文様になっている。先ほど番頭が話していた貝桶、というものなのだろう。

野江は澪の問いかけには答えず、ふふっと笑って、その貝桶の蓋《ふた》に手を置いた。二組とも蓋を外《はず》し、各々《おのおの》から幾つか中身を取り出して、畳に並べる。

それは内側に金箔《きんぱく》を貼《は》り、彩《いろど》り豊かな絵を施された蛤《はまぐり》の貝殻だった。

ふぁあ、と声にならない息を吐き、澪はうっとりと貝を眺める。蛤の貝殻といえば練り薬を入れておくもの、と思い込んでいた澪にとって、これほどまでに美しく化粧を施されたものが存在することが信じ難《がた》かった。

「この貝となぁ、この貝とをなぁ」

ゆっくりとした口調で言って、野江は内側に同じ撫子《なでしこ》の絵が描かれた貝を二枚選び、閉じるように重ね合わせた。

「ほら、ぴったり合うやろ？　撫子と撫子、内側の絵はどっちもお揃いやねん」

「ほな、ほかのでは合わへんの？」

澪の問いに、ふん、と甘く頷いて、野江は試《ため》しに鶴《つる》の描かれた片貝と取り換えた。

先ほどとは違い、片貝同士は添わずにずれてしまう。

「ほら、撫子と鶴とでは、ぴったりとは合わへんの。澪ちゃんも、いろてええよ」

野江の許しを得て、澪は恐々《こわごわ》、金箔を施された貝を掌《てのひら》に載せた。朧《おぼろ》に霞《かす》む満月が描かれている片貝だ。ふぁあ、とまた吐息が洩《も》れる。

貝桶の中には、合わせて三百六十個分の蛤の殻が収まっているのだという。花や鳥、貴人など三百六十種の異なる絵柄が描かれている、と聞いて澪は目を丸くする。これほどまでに華やかな品を澪は知らなかった。あまりに美し過ぎて、ふと疑問が浮かぶ。

「野江ちゃん、これ、何のためのもんなん？」

「何のためって、遊ぶためやん」

澪ちゃん、面白いこと言わはるなあ、と野江はころころと声を立てて笑う。

「この貝桶はなぁ、やんごとないお姫さんが輿入《こしい》れの時に持って行かはった品なんやそうや。龍助どんに遊び方を教えてもろたんやけど、何や辛気臭《しんきくそ》うて、私は好かんの。せやから、こんな風に幾つか取り出して、ちょっとずつ遊ぶことにしてるん」

渡来品を扱う淡路屋だが、ごく稀《まれ》に、こうした骨董《こっとう》が持ち込まれることがあるのだそうな。粋人《すいじん》に買い取られてしまうまでの間、末娘が密《ひそ》かに遊ぶのを、店主の吉治も目を瞑《つぶ》っているのだろう。

失《な》くしたらえらいことになるよって、気ぃ使うんやけどな、と話して、野江はまた、ふふっと笑ってみせた。

「こいさん」

襖越しに、声がかかる。

「おやつ、お持ちしました」

「あ、お梅どん、おおきに」

野江が応じると、すっと襖が開いて、十三、四の娘が廊下に畏《かしこ》まっていた。盆にはお茶と、蛤を模《かたど》った落雁《らくがん》がふたつ、紙の掻《か》い敷に載せられている。月白《げっぱく》に桃《もも》花色《はないろ》の縞目《しまめ》が美しい落雁は、先に聞いた通り、虎屋の別注の品だろう。

盆が野江の手もとに渡っても、お梅はその場を去らずに、落雁と澪とを交互に見ている。その視線の中に、澪を咎《とが》める意図《いと》を感じ取って、澪は両の眉を下げた。

女衆にすれば、澪が分不相応にも別注の虎屋の落雁を口にすることが我慢ならないのだろう。居心地《いごこち》の悪さに、澪は膝に置いた手を小さな拳《こぶし》に握った。

「ああ、せや、お梅どん、これ」

手を伸ばして箪笥の小引き出しを開けると、紙包みを取り出して、野江はそれを女衆に差し出した。

「おこしや。あとで皆と食べてな」

途端、女衆の顔がぱっと輝いた。

「粟《あわ》おこしだすか、こいさん」

「せや、津乃國屋《つのくにや》の粟おこしや」

にこにこと野江が答えると、お梅は顎《あご》を引いて生唾《なまつば》を呑み込んだ。

おこし、中でも、粟粒ほどの大きさに砕いた米に、水飴《みずあめ》や砂糖を加えて、板状に固めた「粟おこし」と呼ばれる品は、大坂の老若男女《ろうにゃくなんにょ》に愛される菓子のひとつだ。ことに道頓堀《どうとんぼり》に店を構える津乃國屋の粟おこしは、芝居見物のお供に、と求めるひとも多く、手土産にすれば奪い合いになる逸品だった。

「おおきに、おおきに、こいさん」

お梅は、そう繰り返し、幾度も頭を下げる。襖を閉じる時に再度、澪を見たが、最《も》早《はや》その瞳に険《けん》は無かった。

　ふたりきりに戻っても、澪がしゅんと肩を落としたままなのを見て、野江は澪の傍《そば》へにじり寄った。

「澪ちゃん、堪忍な。粟おこし、ほんまは澪ちゃんと食べよ思てたんやけど、お梅どんらにやってしもた」

　さ、これ食べよう、と野江は落雁の載った器を手もとに引き寄せる。

「何や食べるの惜しいけど、食べてしまおう」

　ひとつを手に取って、しげしげと眺めたあと、野江は蛤に似せた落雁にそっと歯を当てた。切れ長の美しい目を閉じ、野江は口の中の甘みを堪能《たんのう》している。その幸せそうな表情に釣られて、澪もまた、おずおずと落雁に手を伸ばした。

　蛤を模った落雁は、虎屋自慢の出島の砂糖を用いたものだろう。一度に食べてしまうのが惜しくて、澪は小さめにひと口、前歯でかじった。こりっと音がするほど外側は固い。だが、内側は驚くほど柔らかく、ほろほろと口の中で崩れていくのだ。

　つい今しがたまで抱え込んでいた鬱屈《うっくつ》した思いが、極上の砂糖の味わいに包まれて、のどの奥へと解けて消えていく。子供だから今のこの気持ちをどう野江に伝えて良いのかわからないのだが、ぺしゃんこになっていた心が、陽《ひ》に干した布団《ふとん》のようにふっくらと膨《ふく》らんでいくのがわかる。

野江を見れば、野江もまた、温かく微笑《ほほえ》みながらこちらを見ていた。

「美味しいなあ、澪ちゃん」

「美味しいなあ、野江ちゃん」

ふたりは互いに頷き合って、大事に大事に落雁を味わった。

「こいさん、よろしおますか」

また、襖の向こうから声がかかった。

どうぞ、と野江が応えると、今度は四十路半《よそじなか》ばの女が姿を見せた。澪も知るそのひとは、淡路屋の女衆で、しっかりもののお松《まつ》だった。後ろにお梅が控《ひか》えているのだが、泣きはらした目をしている。

「お松どん、どないしたん。何でお梅どんは泣いてるんや？」

野江が怪訝《けげん》そうに問うと、お松は紙包みを畳に置いて、野江の方へと押し遣《や》った。

先ほどの粟おこしである。

認めるなり、野江はぎゅっと眉根を寄せた。

「それは私がお梅どんにやったもんや。お梅どんが勝手に取っていったもんと違うで」

声が尖《とが》っていた。

自分のせいで女衆に疑いがかかった、と思ったのだろう、双眸《そうぼう》が怒りで燃え立つ。

「誰もそないなこと、思てぇしまへん。ただ、私は新しい奉公人の躾《しつけ》を任された身ぃとして、これだけは言わせてもらわななりまへん」

お松は、背筋を伸ばしてきっぱりと言った。

「こいさん、こいさんのお優しい心根は、この私もよう存じ上げてます。けんど、何ぞ理由があるわけでなし、女衆にけじめも無《の》う菓子をやるんは控えとくれやす。口の贅沢《ぜいたく》は奉公人にとって何の得にもならしません。むしろ、辛抱を遠ざけ、さもしい性《しょう》根《ね》を持つことになりかねんのだす」

最初は怒りの表情で聞いていた野江だったが、少しずつ肩が落ち、身を縮めていく。

お梅は十四、奉公人としての心構えを身につける大事な時期なんだす、とお松は幾分厳しい口調で結んだ。それらは主筋の野江に対する苦情ではなく、傍らのお梅に対して言い聞かせているのだ、ということが澪にも容易に察せられた。

「お松どん、堪忍」

野江は項垂《うなだ》れたまま、粟おこしの紙包みを引き寄せて、隠《かく》すように自身の後ろに置いた。

「お梅どんも堪忍な」

野江に言われて、お梅は洟《はな》を啜《すす》り上げる。

こいさん、とお松は表情を和《やわ》らげて、

「淡路屋のこいさんが、そない奉公人に詫《わ》びるもんやおまへんで」

と、優しく諭《さと》した。

奉公人には奉公人の分、主筋には主筋の分。両者にきちんと弁《わきま》えさせると、お松はお梅を連れて下がった。

「これ、今度一緒に食べてな、澪ちゃん」

野江は気落ちした声で言うと、粟おこしをもとの小引き出しへ戻した。

貝合わせの貝は色を失って見え、落雁も食べてしまった。野江は小さく溜息《ためいき》をつくと、気を取り直したように澪の名を呼んだ。

「澪ちゃん、表へ遊びに行こか」

気詰まりな思いでいた澪は、その提案に漸《よう》や く、ほっと頷いた。

買い物客で賑《にぎ》わう高麗橋通りを、ふたり並んで歩く。団扇《うちわ》屋の前で店の内儀が、お梅どん、お梅どん、と呼ぶ声が耳に届いた。

「ここにもお梅どん、て居てはるんやねぇ。お松どん、いうのもよう聞くけど、同じ名前のひとが多いなあ」

澪の独り言を聞いて、えっ、と野江が足を止めた。心底驚いているのだろう、切れ長の目を見張っている。

「澪ちゃん、知らんの？　女衆は雇《やと》われた順に『松』『竹』『梅』の名前をもらうんよ」

「ええっ」

今度は澪の方が驚いて、あんぐりと口を開けた。

「ほんなら、野江ちゃんとこのお松どんも、お竹どんも、親から貰《もろ》たほんまの名前と違うん？」

澪の問いに、ふん、と野江は甘やかに頷く。

野江の言うには、よほどの豪商でない限り、雇い入れる女衆は大抵三人まで。奉公に入った順か、あるいは歳《とし》の順に「お松どん」「お竹どん」「お梅どん」と呼ばれ、本当の名を使うことなど、まずないのだとか。

「女衆だけと違う。うちの番頭の龍助どんかて、ほんまの名ぁは確か龍蔵《りゅうぞう》やわ。それが、丁稚《でっち》の頃は龍吉《りゅうきち》、手代になったら龍七《りゅうしち》、番頭になったさかい龍助て呼ばれるんよ」

商家の習わしには馴染《なじ》みのない澪にとって、初めて知ることばかりだった。

親とはまだそんな話はしていないが、澪もいずれは奉公に出ねばならないだろう。その時に、澪という名を捨てるのか、と思うと澪は何とも切なくて寂《さび》しくてならない。

いきなり口数の少なくなった友を訝《いぶか》りながら、野江は澪の歩調に合わせてゆっくりと高麗橋を渡り、東横堀川沿いを北へと進む。今橋を左に見て大川端《ばた》に出れば、突風が吹き荒れて土埃《つちぼこり》を舞い上げていた。

あっ、と思った時には遅く、細かい砂が目に入り、澪は両の手で目を覆《おお》った。

「大丈夫、澪ちゃん」

慌てて、野江は澪の顔を覗《のぞ》き込んだ。

「砂が入ったんやね、擦《こす》ったらあかんよ」

「野江ちゃん、目ぇ痛い」

身を捩《よじ》って痛がる澪に、野江は、

「こんな時は泣くのが一番なんやて。澪ちゃん、何ぞ悲しいこと思い出してみ」

と、自分の方が辛《つら》そうに提案した。

悲しいこと、と言われて、澪は両の目を覆ったまま考える。

いつか、手習いを終えたら、自分は奉公に出るだろう。そうすれば、野江と遊ぶこともなくなる。それに名前も変わってしまう。商家の習わしなら例えば「お梅」という名前を与えられるのは仕方のないこと。けれども、野江から二度と「澪ちゃん」と呼んでもらえなくなるとしたら、どうだろう。

悲しみが幼い澪の胸ぐらを摑《つか》み、激しく揺さ振った。涙が勝手に溢れて、頬を濡《ぬ》らす。

「それだけ涙が出たら、もう砂も流れたやろ。ああ、良かった」

澪の涙に一旦《いったん》は安堵《あんど》した野江だが、泣き止《や》むどころか一層激しく泣きだした澪を見て、狼狽《うろた》えた。

どないしたん、何でそないに泣くん、と野江が必死で宥《なだ》めても、澪は肩を激しく上下させ、前屈《まえかが》みになって泣きじゃくる。指を狐《きつね》の形に結び、涙は来《こ》ん来ん、といつもの呪《まじな》いを試《こころ》みてみたが無駄だった。

万策尽《ばんさくつ》きた野江は、友の両の肩を摑み、怒気《どき》を孕《はら》んだ声で叫んだ。

「澪ちゃん、ええ加減にしぃ」

怒声に驚いて澪が顔を上げると、野江は瞳に一杯涙を溜めながら憤《いきどお》っていた。

「何でそないに泣くんよ。ちゃんとわけを話してくれんと、私、どないして良いんかわからへん」

川下から強い西風が轟々《ごうごう》と吹き、幼いふたりを襲う。野江は小さい身体ながら、風上に回って澪を背後に庇《かば》った。

不甲斐《ふがい》ない澪に怒りつつも、風から澪を守ろうとする野江の背中に、澪は切れ切れに訴《うった》える。

「野江ちゃん、私、澪のままで居たい。名前が変わるんは嫌《いや》や。野江ちゃんから『お梅どん』て呼ばれるん嫌や」

はっと野江が澪を振り返った。

聡い野江は、澪の境遇と自身が先に話したこととを重ね合わせたのだろう、胸を突かれた表情になった。

澪ちゃん、と呼んで、野江は澪の腕を摑む。

「亡《の》うなったお祖母《ばあ》はんが言うてはった。ひとの一生、何があるかわからん、て。もしかしたら私も、この先、奉公に出なあかんことになって、『お梅』て名ぁを与えられるかも知れへん。もしそうなったとして、澪ちゃんも私のことを『お梅どん』て呼ぶやろか」

澪は返事の替わりに激しく頭を振った。野江は風に髪を乱されながらも、安堵した顔で笑う。

「せやろ、ほかでどんな名ぁを貰《もろ》たかて、澪ちゃんにとって私は『野江』やんね。私にとっても、澪ちゃんはずっと『澪ちゃん』やわ」

野江の言葉が優しく胸を満たし、澪はまた、涙ぐんだ。

烈風が大川を逆《さか》さになぞり、常《つね》にはない波が立っている。風に攫《さら》われまい、とふたりは足を踏ん張った。

「えらい風やねぇ、野江ちゃん」

「今日は如月の二十日や、せやからこの風は……」

野江に言われて初めて、澪は、ああ、と気付いた。

「そうかぁ、貝寄風《かいよせ》やったんかぁ」

例年、四天王寺《してんのうじ》の聖霊会《しょうりょうえ》が行われる頃になると、強い西風が吹く。この風が難波の浜に貝を吹き寄せる、と言い伝えられることから、この地では、如月二十日前後に吹く風のことを「貝寄風」と呼ぶのだ。

貝寄風が過ぎれば、春も爛漫《らんまん》。今はちらほらとしか咲いていない菜の花も一気に開花し、鮮やかな黄の紗《うすぎぬ》を広げたようになる。

「澪ちゃん」

風に吹き飛ばされそうになっている澪に、野江が手を差し伸べる。澪がその手を取ると、野江はぎゅっと握り返した。

我慢しよう、この風が過ぎたら一面の菜の花やん——野江の掌がそう伝える。

両の目を固く閉じ、風に負けまい、とふたりの少女は足を踏ん張る。

風の中で、澪は春を想《おも》う。

途切れた風の彼方《かなた》、暖かな春の陽が降り注ぎ、菜の花は周囲を黄色く染めて咲き乱れる。花の波の中で笑いあう野江と澪の姿が見えた。

同じ幻を見ているのか、澪の手を握る野江の手に力が籠《こも》った。

『みをつくし献立帖』あとがき

以前より「みをつくし料理帖」シリーズの読者のかたから「レシピを知りたいので、料理本を出してください」とのご要望を多く頂いておりました。

「料理人でも料理研究家でもないのに、そうした本を作るのは如何《いかが》なものだろうか」当初はそんな躊躇《ためら》いが強く、皆さまのお気持ちになかなか添えませんでした。もちろん、私は監修に回り、料理やレシピ作りはプロの料理人のかたに全《すべ》てお任せする、という手法もあります。しかしそれでは作品と料理の間に距離ができ、最早《もはや》「澪《みお》の料理」とは別物になってしまいます。どうしたものか、と迷う日々が続きました。

躊躇う私の背中を押す、ふたつの出来事がありました。

ひとつめは、勝手に「『みをつくし料理帖』で出てきたあの料理が食べられる」を謳《うた》い文句に、集客を図《はか》る店が現れたこと。

酒粕汁《さけかすじる》を始め、作中に登場する料理のほとんどは、昔からひとびとに愛されているものです。けれど、商《あきな》いに利用するためにわざわざ「みをつくし料理帖」の名を出しているのは見過ごせません。何より「みをつくし料理帖」を愛してくださる読者の気持ちをそうした形で悪用されることに、作者として憤《いきどお》りを感じました。

いつか、ちゃんとした形で作者の考える「澪の料理」をお伝え出来る機会があれば、と願っておりましたところ、大阪ガスさんから料理教室のお話を頂きました。一日限りの講習会で、皆さんに作中に登場する料理を作って頂こう、という試《こころ》みです。

台風の迫るある日、それは開催されました。参加されたかたがたが真剣な表情で料理される姿や、美味《おい》しそうに試食される様子を目《ま》の当たりにして、何て幸せなことだろう、としみじみ思いました。

「高田さんが料理本を作られるのなら、協力しましょう」

そう言って胸を叩《たた》いてくださったのが、大阪ガスの皆さんです。食材に調理場所、撮影場所、それにお手伝いくださる料理スタッフ等々。これほど心強い申し出はありませんでした。強く背中を押して頂いた思いがしました。これがふたつめの出来事です。

こうした経緯で、料理本を作ろうと決めました。決めた以上は存分に楽しんで頂けるものに仕上げよう、と思いました。ページをめくりながら笑顔になれるような本にしよう、と。

料理教室のベテラン講師おふたりのお力を借りて、私も包丁を握りました。撮影は旬《しゅん》を追い駆け、半年の間をあけて二度。撮影の手はずは神戸に拠点を置くトリトンさんにお願いしました。大阪ガスさんやトリトンさんとのご縁を結んでくださったのは沢村有生さん。そのほかにも、多くのかたのご協力を賜《たまわ》りました。深く感謝いたします。

そして何より、「みをつくし料理帖」を愛してくださる読者の皆様、この本をお手に取ってくださったあなたに、心を込めて「ありがとうございます！」

高田郁

協 力

大阪ガス株式会社
大阪ガスクッキングスクール
（ 運営:株式会社アプリーティセサモ ）

スタッフ

構成・編集
沢村有生

装幀・本文
アートディレクション
松岡賢太郎（TRITON GRAPHICS）
デザイン
中西昭仁（TRITON GRAPHICS）

料理制作協力
田仲香子（大阪ガス株式会社）
細辻珠紀（株式会社アプリーティセサモ）
久保真里子（株式会社アプリーティセサモ）

写真
塩崎聰

スタイリスト
曽我部泰子

装画・小説扉絵
卯月みゆき

「つる家」間取り図
イシサカゴロウ

編集
鳥原龍平（株式会社角川春樹事務所）

掲載されているレシピ（料理名、作り方など）は著者・高田郁氏のオリジナル作品です。このレシピはご家庭で楽しくお作りいただき、美味しくお召し上がりいただく為のものです。レシピと料理を、販売などの営利目的でご使用なさらぬようにお願い申し上げます。レシピと料理に関しまして、営利目的での使用許可申請は一切受け付けておりません。予めご諒承下さい。（編集部）

時代小説文庫
た 19-9

みをつくし献《こん》立《だて》帖《ちょう》

著者 髙田《たかだ》 郁《かおる》
2012年5月18日第一刷発行

発行者 角川春樹

発行所 株式会社 角川春樹事務所
〒102-0074 東京都千代田区九段南2-1-30 イタリア文化会館

電話 03(3263)5247[編集] 03(3263)5881[営業]

印刷・製本 中央精版印刷株式会社

フォーマット・デザイン＆シンボルマーク 芦澤泰偉

ISBN978-4-7584-3661-8 C0195
http://www.kadokawaharuki.co.jp/[営業]
fanmail@kadokawaharuki.co.jp[編集] ご意見・ご感想をお寄せください。

〈 髙田 郁の本 〉

八朔の雪 みをつくし料理帖

料理だけが自分の仕合わせへの道と定めた上方生まれの澪。幾多の困難に立ち向かいながらも作り上げる温かな料理と、人々の人情が織りなす、連作時代小説の傑作。

大好評「みをつくし料理帖」シリーズ、第一弾!

花散らしの雨 みをつくし料理帖

新しく暖簾を揚げた「つる家」は、ふきという少女を雇い入れた。一方、神田須田町の登龍楼で、澪の創作したはずの料理と同じものが同時期に供されているという——。果たして事の真相は?

大好評「みをつくし料理帖」シリーズ、第二弾!

想い雲 みをつくし料理帖

版元の坂村堂が雇う料理人と会うこととなった澪。なんとその男は、行方知れずとなっている天満一兆庵の若旦那・佐兵衛と共に江戸へ下った富三だった。澪と芳は、佐兵衛の行方を富三に尋ねるが——。大好評「みをつくし料理帖」シリーズ、第三弾!

ハルキ文庫 時代小説文庫

今朝の春　みをつくし料理帖

月に三度の『三方よしの日』、つる家では澪と助っ人の又次が作る料理が好評を博していた。そんなある日、伊勢屋の美緒に大奥奉公の話が持ち上がり、澪は包丁使いの指南役を任されたが――。大好評「みをつくし料理帖」シリーズ、第四弾！

時代小説文庫
ハルキ文庫

小《さ》夜《よ》しぐれ　みをつくし料理帖

表題作『小夜しぐれ』、つる家の主・種市と亡き娘おつるの過去が明かされる『迷い蟹』他、『夢宵桜』、『嘉祥』の全四話を収録。澪の恋の行方も大きな展開を見せる、大好評「みをつくし料理帖」シリーズ、第五弾！

時代小説文庫
ハルキ文庫

心《しん》星《ぼし》ひとつ　みをつくし料理帖

天満一兆庵の再建話に悩む澪に、つる家の移転話までも舞い込んだ!!　幼馴染みの野江との再会、小松原との恋の行方は？　つる家の料理人として岐路に立たされる澪。「みをつくし料理帖」シリーズ史上大きな転機となる第六弾！

時代小説文庫
ハルキ文庫

〈 髙田 郁の本 〉

夏《か》天《てん》の虹　みをつくし料理帖

想いびとである小松原と添う道か、料理人として生きる道か……決して交わることのない道の上で悩み苦しむ澪。彼女の見上げる心星は、揺るがない決意とその道を照らしていた……。「みをつくし料理帖」シリーズ、〈悲涙〉の第七弾！

時代小説文庫
ハルキ文庫

出世花　新版

数奇な運命を背負いながらも、江戸時代の納棺師『三昧聖』として生きるお縁。一心で真っ直ぐに自らの道を進む「縁」の成長を描いた、著者渾身のデビュー作、新版にて刊行！

時代小説文庫
ハルキ文庫

きずな　時代小説親子情話（細谷正充・編）

宮部みゆき「鬼子母火」、池波正太郎「この父その子」、山本周五郎「糸車」、平岩弓枝「親なし子なし」の傑作短篇に、文庫初収録となる髙田郁「漆喰くい」を収録した時代小説アンソロジー。五人の作家が紡ぐ、親子の絆と情愛をご堪能ください。

時代小説文庫
ハルキ文庫